샘솟는 행복

샘솟는 행복

임영섭 詩集

당진문화재단
Dangjin Cultural Foundation

새미

시인의 말

詩
말만으로도 설레는 단어다
지구의 수많은 시인이
삶을 노래하고
사랑을 노래하고
자연을 예찬한 무수한 글 앞에
겸허해진다.

누군가가 썼을 글 되새김하며
스스로에게 묻고
화두 던져보며
펜의 목소리 담아본다.

목 차

제2부 사랑

제5부 쪽지 시

1부

──────

가족

할미꽃

평생 허리 한번 펴지 못했다
눈물 무게로 식량 키우고
눈물과 식량 안엔
희망도 사상도 비워졌다

어머니는 밭고랑 아내가 되어
솔방울 팔고
허리 팔아
일곱 자식 등 펴고 산다

할미꽃은 일어서지 못하나
잎은 무성히 자라
하늘 향했다

봄날

모든 생명이 태동하고
전봇대마저 싹 틔우려 하니
봄의 생명은
아스팔트 위에도 역동한다

땅은 열기 마시며
전투에 몰입하니
개구리의 행진에
차가 멈추고
양지쪽 그늘에 쉬던
작대기 일어선다

검불이며 먼지 한 톨도 바삐 살던 날
화로 속 재도 태동하던 날
어머니 그 열기 이기지 못하고
봄에 누가 될세라
겨울로 떠났다

네 맘 알아

돈 많이 벌어 오고
언어 구사 우아하게 하고
옷도 좀 세련되게 입고
향긋한 입냄새에
아침 일찍 일어나 보건체조라도 하고
힘들더라도 가끔 선물도 주고
한눈팔 생각은 아예 말고
하루에 한 번은 사랑한다. 속삭여 주고
시댁 식구 끌어들이지 말고
집 등기 바꿔주고
일주일에 한두 번쯤 주방일 거들고
할 일이 없으면 밖에 나가 놀고
네 맘 다 안다
다 알아
씨,
갈 데가 어디 있어
칠순이 가

말딩 형

열네 살 말딩 형은
고향 등지고 서울로 갔다
말도 안 되는 임금과 고단한 하루하루를
성실이란 이름으로 버텨야 했던 모진 세월에도
동생들 건사한다는 의무로
장남의 직분 성실히 수행했다

먹고픈 거 입고픈 거 참아내며
휴일도 명절도 지우며 일해도
땀 닦을 수건 한 장 제대로 없었다

버리고 줍고 한 기회는
번뜻한 사층 건물주 되고
자식 농사 잘 지어
아들은 대기업 상무에
딸은 외대 교수로 재직하고
임대 수입에 저축도 든든히 있으련만

길거리 뒹구는 폐지는 현금이고
쇳덩이 금으로 보나
신발이 헐떡이는 건 여전하다

누이

햇살처럼 맑은 웃음 가진 누이
작은 손길로 세상 어루만지며
꽃처럼 피어난 학구열 피웠네
68세에 대전대학 국문과 입학해
72세에 졸업하니
그 눈빛 속엔 언제나 따뜻한 봄 있다

바람에 흩날리는 머리카락 사이로
자유로운 영혼 춤춘다
누이의 발자국은 희망의 씨앗 되어
어디 가든 그곳에 행복 피운다

어린 시절 배곯아 맘껏 뛰놀지도 못한 기억
웃음소리 가득해도
솥뚜껑 쟁탈전 치열했던
그날의 풍경
시간이 흘러도 변치 않는 그 기억
누이는 언제나 누룽지 챙겨주던
내 마음의 천사

힘든 날엔 조용히 다가와
말없이 등 토닥이며 용기 준다
그 손길엔 마법이 깃들어
모든 아픔 사라지는 듯하다

누이의 꿈은 하늘 닮아
끝없이 넓고 푸르르다
그 꿈 응원하며 나도 함께
누이와 같은 길 걷고 싶다

병석의 어머니

쩝쩝 이로 혀가 닳아
헛바늘로 가득한 가여운 어머니
게장 국물과 짠지 국물 옥수수 몇 알에도
"잘 먹었다."
인사는 꼭 하시네

하늘 같던 어머니
둘째 며느리와 꼭 살아 보고 싶다던 어머니
며느리 공양에도 눈치 살피며
한 달에 두 번 오는 간호사의 링거에도
한 손으로 들만치 가벼워지셨다.

땅

아버지 말씀하셨다
사람의 기운은 땅 먹고 일어나고
사람 생각은 하늘 기운 받아 일으키니
이 땅의 모든 생명은 하나이다라고
습성으로 이어가는 생명이
습성 먹고
언젠가는 또 다른 습성에
눈물 마르지 않으니 습성 따르지 말며
오직, 땅에 뿌리 내리고
그가 내리는 지령 따르라 하시니
본성은 땅이요, 돌아갈 곳도 땅이라
그 땅의 경이로움, 이 땅의 신비함
경배하여야 한다

입

입은 다물수록 향기가 나니
더러운 찌꺼기에
먹고
마시며
취하고
헛소리하며
양치질 아무리 빡빡 문대어도
소리는 샌다

고귀한 입은
말을 아끼고
숨쉬기를 두려워하고
적게 먹으며
즐기기를 거부하고
냄새 줄이니

입은 벌릴수록 구린내가 나고
입은 다물수록 향기가 나니
행함의 출발인 입은
씹으면 독이 되고

삼키면 약이리니

나는 입에서 태어나
그 입으로 끝나리니
어디 입보다 더 지저분한 곳이 있겠는가

거울 속 아버지

어느 날, 거울 앞에 서니
아버지 계신다
세월의 흐름 속에 담긴
주름과 눈빛이 겹친다

내 안에 아버지 계시는가 보다
그리운 기억, 깊은 사랑
삶의 흔적 속에 스며든
아버지의 모습이 나를 비춘다

어린 시절 손잡아 주시던
따스한 손길, 강인한 어깨
이제는 내가 그 모습을
거울 속에서 마주한다

아버지의 목소리, 아버지의 웃음
그 모든 것이 내 안에 남아
오늘도 나의 삶 속에
조용히 흘러가고 있다

내 안에 아버지 계시는가 보다
그리운 시간, 그리운 얼굴
거울 속에 비친 나의 모습
그 안에 아버지가 살아 숨 쉰다

내 몸

작은 상처에도 호들갑이지만
뉴스 속 사고에는 무감각하다

며칠의 헤어짐에도 간절해 하지만
신문 속 사별에는 스쳐 지난다

세월의 속내야 역사의 한 페이지이지만
아픈 시간의 삶은 나만이 안다

저 산의 몸부림에는 건물이 흔들리지만
내 신체 부서지면 지구가 흔들린다

토마토

토마토 빨갛게 익어 간다
태양 닮아 둥글고 붉게 물든다
소쿠리에 담는 푸른 토마토는 내일의 것이요,
일그러진 못생긴 토마토 땅으로 돌아가고
너무 익어 흉측한 속살 보인 토마토
상혼에 버려져 흙 마신다

아침에 풍기던 진한 향기는
한낮이 되면 늘어져 지침이 역력하고
저녁에 잠든 토마토 누이 닮는다

어떤 점심

가스 불 앞 주걱 든 아내
부글부글 끓는데도 멍하니 서 있다
타는 냄새에 쫓아간 나도
할 말을 잊고 서 있다
급기야 냄비에 불이 붙고
마누라 허겁지겁 주걱으로 때리고
나는 환풍기 당겨 불 쫓으려 한다

아내가 소리 소리다
거기서 뭐 하느냐고
한바탕 혼쭐이 나고서야
휴대전화 들어 전화하려니
199인지 911인지
덜덜덜 손만 떨리지
번호 기억에서 지워졌다

어떻게 어떻게 불은 꺼졌다
여보, 앞으로는 점심 나가서 먹자
당신 국수 좋아하니 삶아줄게
그래서 어찌어찌 국수 먹었다

방금 무슨 일 일어났는지

어머니 지혜

표현에 확정 못 하고
다섯 며느리 하소연
험담으로 옮기지 못하니
가슴 가득 담아 지혜 두었다

표현은 가실 제야
토로하셨던 한의 종말은
다시는 하지 못할 말
용서해라

아무리 소리쳐도 듣는 이 없고
서운함의 응어리 멈추지 않는
험담과 허물도 이제는 멈추니
진정한 안락과 편안 누리시길
이 땅은 여직 어둠에 있다

왜

왜
말하지 못했을까
너무 쉬운 말인데

왜
망설이고 있었을까
쉽게 다가설 수 있었는데

왜
아침맞이를 힘겨워했을까
그곳에 길이 있었는데

왜
미움에 깊이 빠져 있었을까
되돌아오는 상처였는데

왜
후회만 남을까

상처

그대의 한마디, 날카로운 칼날처럼,
내 마음 갈라놓았네
말로 인한 상처, 깊고 아프게,
흉터 남기며 가슴속에 새겨졌네
그대의 말 한마디에,
내 마음은 조각나고

무엇으로 이 상처
봉합할 수 있을까?
그대의 따뜻한 미소,
진심 어린 사과,
아니면 시간의 부드러운 손길?
모든 것이 지나가길 바라며,
상처는 여전히 아물지 않네

그대의 한마디가
얼마나 큰 파장을 일으키는지,
그대는 알까?
무심코 던진 말이
어떤 상처 남기는지,

그대는 느낄 수 있을까?

봉합할 수 없는 상처일지라도,
나는 용서하려 애쓰네
그대의 마음속 깊은 곳에서
진심이 흘러나오길 바라며,
그 상처가 치유되기를 기도하네

그러나 상처는 말없이 남아,
그대의 한마디를 기억하네.
무엇으로 봉합할지 모를
그 깊은 상처 안고,
오늘도 살아가네

겸상

도시의 한적한 공원 벤치,
햇살 속에서 나는 조용히 앉아 있다
작은 빵 조각 떼어내자,
비둘기와 갈매기들이 모여든다
그들은 서투른 걸음으로 다가와,
나와 함께 식단 나누려 한다

비둘기는 고개 까닥이며,
갈매기는 날개 퍼덕이며,
나의 간식 함께 나눈다

그들의 깃털은 햇빛에 반짝이고,
그들의 눈은 호기심으로 가득 차 있다
우리 셋이서 같은 식탁에 앉아,
말없이 서로의 존재를 느낀다

도시의 소음도,
삶의 번잡함도,
이 순간만큼은 멀리 있다
비둘기와 갈매기, 그리고 나,

이 평화로운 순간 함께한다

그들은 떠나기 전,
한 조각의 추억 남긴다
그리고 나는 미소 지으며 생각한다
비둘기와 갈매기,
그들도 나와 겸상할 자격 된다고

속내

하고픈 말은 부글부글 끓는데
참아 입에선 미안하다 하네
마음속 깊이 쌓인 감정들
뜨거운 용암처럼 차오르지만

그 열기 꾹 삼키며
한숨 속 숨겨진 진심
소리 없이 속삭이는 그 말
미안하다, 미안하다 하네

말하고 싶은 수많은 이야기
가슴속에 갇혀 버린 채
한 줄기 눈물 되어
내 눈가 적시네

용기 내어 다 말하고 싶지만
상처 입힐까 두려운 마음에
나는 다시 한번 입 닫고
미안하다, 미안하다 하네

부글부글 끓는 내 마음
어떻게 다 전할 수 있을까
말하지 않아도 전해지길 바라는
진한 사랑의 울림

투병

춥다고 느꼈으나 춥지는 않았다
그렇다고 특별히 열이 있는 것도 아니었다
석 달이라는 시한부로 일 년 넘기고
마지막 투병에 처남은 지쳐 있었다
그래도 죽음만은 인정할 수 없었다
턱에 숨이 차와도
죽음만은 부정하였다

평생의 꿈으로 삼았던 그림 같은 집에,
폼 나는 자동차
성실한 마누라에
든든한 두 아들

그것을 버리라 한다
그것을 버려야 한다
그것을 잊어야 산다

일용할 양식

해 질 녘 바다, 그곳에 아버지가 있다
짙푸른 파도 속에 낚싯대 드리우며
손끝으로 느끼는 파도의 속삭임,
가끔은 바람이 몰아쳐도 굳건히 서 계신다

아버지의 눈은 바다 읽는다
흐름 속에서 고기들의 춤 본다
노을이 물드는 바다 위로,
어느새 물고기의 반짝임이 스민다

거친 손, 소금기 머금은 주름진 얼굴
하루의 고된 노동에도 미소 잃지 않는
아버지의 마음은 바다처럼 깊고 넓다
한마디 없이도 전해지는 사랑의 언어

집으로 돌아오는 길, 아버지의 손엔
생선과 함께 돌아온 희망 가득하다
그 빛나는 눈빛 속에 담긴 이야기,
오늘도 바다와 대화 나눈다

고구마 익어가던 날

흰 눈 소복이 내리던 그 날,
토방 앞 작은 창 밖으로 차가운 바람 스치고 있었다

토방에 앉아 나무 향 가득한 화로에 불 지피며,
고구마 한 알 한 알 감싸고

가랑잎이 굴러가는 바람 소리와 함께,
달콤한 향기로 가득한 사랑방은
따뜻함으로 가득 차 있었다

먹음직스럽게 익은 고구마 한 조각과
시원한 동치미가 만나 허기 달래며,
겨울 깊어 간다

흰 눈이 내리는 날,
고구마 향 가득한 순간은
언제나 기억으로 가득 차 있다

2부

———

사랑

세월이 웬수

맨 처음 사랑한 것은
누가 시켜서도 아니었다
흐르는 물처럼
부는 바람처럼
조건도 배경도 모두 부수며
이끌림, 하나로 하나가 되었다

향수 먹고 살던 그녀
어떤 향기에도 저항 없이
잘 따르던 그때는
돌 씹을 수 있었고
꽃바구니 팽개쳤으니
사랑에 죽고 사랑에 살았었다
세월이 웬수지만

푸르른 4월은

푸르른 4월이면 당신 생각합니다
가시가 박힌 머리와
손과 발에 못 박힌 상처는
어머니의 가슴, 한없이 파혜칩니다
치맛자락에 붉은 피가 고여
세상의 종말처럼 보였던 그 하루는
우리 죄 씻으시려고 계획하셨던
크나큰 사랑이었으니
죽어도 죽지 않는 부활의 기록을
우리에게 보여주셨습니다

힘들고 어려울 때
슬프고 기가 막힐 때
어이없이 당하여 원통할 때
품 안의 가족이 떠날 때
그때가 우리에게는 골고타 언덕입니다

넘어지고 쇠할 때
기력이 다하여 하늘마저 원망하며
모든 것을 포기할 때

우리에게는 새로운 희망이 도래합니다

성모님이 좌절의 시련과
소망의 시기를 체험하신
4월은 희망의 달입니다

희망과 소망은 어렵고 힘든 과정을
극복할 때 얻어지는 생명이요, 부활입니다

사랑

(사람의 사랑)
사랑하였네
온몸의 진기가 쭉 빠져버려
흐느적거리는 손으로도 더듬길 멈추지 않으며
진 한 향기의 유혹에 흠뻑 젖어버렸네
죽음의 문턱에서 멈춰버린 정사는
내가 너인지 네가 나인지 구분이 없고
감미로운 감로수의 달콤한 입술은
신이 준 선물에 그저 감사하였다네

(천사의 사랑)
밤하늘의 별 보며 사랑하였네
진한 유칼리 수 향기 마시며 사랑하였네
꿈속에서 느끼던 그 거리를
이제 떨쳐 버리고
유랑한 그 운명도 떨쳐 버리고
역마살의 행운도 떨쳐 버리고
운해의 깊은 물에서 사랑하였네

(신들의 사랑)
태워버린 육신이야,
멀리서 달리는 마차 바퀴의 먼지처럼 소멸하지만
작은 바람에도 다시 일어서
허공의 자유 만끽하는 유랑은
땅의 주인 포세이돈과 비너스는
그 땅에 경작하며
운명적인 사랑 하였네
정신이 쏙 빠지도록

장마 대비

그녀는 오지 않고
종일 비만 내린다

우산 위에도
우산 속에도
비만 내린다

에구,
장마 대비해야겠다

글쎄

소주 한 잔에 넘어지는 여자
그윽한 음악에 잠들어 버리는 여자
창가에 서면 하염없이 풍경에 젖는 여자
가슴에 기대면 등 어루만져 주는 여자
큰 슬픔에도 입술 지그시 깨무는 여자
등대에 기대어 수평선 아름다움에 취하는 여자
밤 정거장에 홀로 우는 여자
그 큰 슬픔에도 과묵한 여자
공부 잘하여 책 같은 여자
해주는 배려에 감동이 넘치는 여자
신은 여자 만들었다

불나방

아무리 불러도
그리움에 미치지 못하여
가슴에 담겨둔 사연
노래 불러 밝힙니다

아무리 큰 애무로도
전하여지지 않던 그리움이여
지쳐 쓰러져 별 보아도
채워지지 않는 허기여

불나방처럼
불길에 뛰어들어
몸 사르고서야 알 수 있는
뜨거운 정열이여

빛에 반하여
그 안에 담으려다
불타버린 그리움
쓰러져 담는다

몽녀夢女

물아래 안개가 내리면
천상에서 선녀가 하강한다
곱게 차려입은 옷과
찰랑찰랑한 머릿결
더욱 다가서기 어려운 고고함
바람에 흔들리는 갈대인 양
마음 한편 할퀴고 간다

아무리 설렘 떨구려 해도
나무 등 결 뒤에 숨어
그녀의 고운 자태 훔쳐본다

변명

어제는 덕적도에서
쑥 뜯어 달라는 여인네가 있어
허리 아픈 줄도 모르고
쭈그리고 앉아, 쑥 뜯어주고
밤새 고생하였습니다

촛불

제 몸 살라
어둠 밝히어
밤을 쉬게 한다

바람이 불면
옆구리 태우고
넘치면 흘려 태워
아끼지 않는다

누구나의 마음에
제 몸 적시어
동요하는 불빛에도 하나 되는
염원의 구원이다

예쁜 사람 지키기

예쁜 사람 만나면 행복해지고
보고 보아도
또 보고 싶어진다

스쳐도 설레이는
떨리는 가슴 누르고
머무르고 싶어도
머무르지 않아야
지킬 수 있다

품지 않아야
내 연인이고
오랜 시간 함께 하지 않아야
행복해지길 염원할 수 있다

사랑하듯이

사랑하듯이 살면 세상은 넓다
사랑하듯이 살면 늘 행복하다
사랑으로 살면 부족함이 없다

말

내가 할 말이 있소
우리가 쉽게 다가서지 못하는 것은
사랑이 하, 간절하여 자신에게 속을까 봐
쉬이 할 수 있는 말 전하지 못하는 것이오
그래서 정거장 건너편에서
막차가 다 하도록 서성이고
숨 막히도록 더운 날에도
땀 범벅이 되어 가슴 적셔도
아주 단순한 그 한마디
함께하자는 그 말 전하지 못하오

세상에 하고픈 말 다하고 살 수 있다면
세상은 미움에 쌓여
뒤돌아보지도 못한 채 살 것이요

혼자 바라보며
혼자 먹으며
혼자 자며
혼자 있는 것은
그 말 한마디 때문이었소
사랑하오

보고파

시려도 너무 시려서
파도 멈추고

추워도 너무 추워서
바람도 쉬고 있고

보고파 너무 보고파서
비탈길 비었네

수술실에서

희미한 빛이 가득한 방,
긴장감 속에 차가운 스테인리스 침대,
내 몸과 마음이 떨리던 순간,
간호사 손길이 나를 감싸 주었네

부드럽고 따뜻한 그 손길,
마치 천사의 바람처럼
불안한 마음 잠재우고,
희망의 빛 전해주었네

고통의 순간 함께하며,
손길은 나를 지켜주고,
마음속 깊이 새겨준 안도,
영원히 잊지 못할 따스함이었네

그 손길이 전해준 믿음 속에
새로운 날이 밝아오고,
천사의 위로 간직한 채
다시 일어설 힘 얻었네

눈

눈앞의 형상만으로
그리려 하지 말게,
숨겨진 진실은 더 깊이,
더 멀리 있으니

겉모습에 속지 말고,
내면 들여다보게,
표면의 잔물결 아래,
고요한 심연이 존재하네
조각난 퍼즐 맞추듯,
모든 면 살펴보게

서둘러 결론 내리지 말고,
신중히 생각해 보게,
보이는 것은 빙산의 일각일 뿐,
그 아래 숨겨진 진실은
기다림의 미덕으로 찾아온다네

이치 이해하려는 그대여,
부분 넘어 전체 보려는 눈 가지게,

속단이나 판단 멈추고,
깊이 있는 성찰로 삶 바라보게

짝사랑

미칠 듯이 그리워서
상처보다 더 한 고통이 가슴 찌른다
미칠 듯이 보고파서
눈물조차 말라버렸다

창가에 서면 괜스레 커튼 열고
아랫말 종려나무길 바라본다
침대에 누워도 꺼질 듯 사라지는
안개 속 환상이 희미해진다

그리워서 하도 그리워서
다가가지 못하는 것은
사랑하기 때문이다
보고파도 참아야 함은
사랑하기 때문이다

사랑엔 국경도 조건도 없건만
단 한 가지 소중함은
지켜줘야 한다
그건 사랑하기 때문이다

모든 것이 떠나고 정리되거든
천년의 기다림에 지쳐 쓰러지거든
고백해야 한다
사랑한다고

샘솟는 행복

미래를 보는 거야
누군가가 나를 바라보며
꿈꾸는 소녀라 해도
나는 미래를 향해
저 다리 건너
행복 찾아 나서는 거야
때론, 억울하고 불편해도
그곳엔 나의 꿈
나의 행복
나의 노래가 마중하며
환하게 웃어 줄 거야
나의 부족함 안아주며
이루지 못한 소원
실수라며 용서할 거야
이제 힘내 보는 거야
부족하지만 조금씩 채워가며
무거운 한숨 버릴 거야
행복 꿈꾸며
살아온 날의 후회
모두 버릴 거야

내일에 그날 두지 않고
오늘에 있을 거야

낙엽

스친 바람에 흔들리며
나목의 침묵 지키려
저리도 구르며 다가서는가
아무리 굴러도 숨죽여 기대더니
홀로 바람 되어 창공 난다

자유라 형용하며
굴러서 아픈 게 아니라
밟혀서 아픈 게 아니라
어딘가에 짐이 될까 두렵고
쓰레기 되어 처분받는
아쉬운 순간이 아니 되기를

불쏘시개라도 괜찮다
한 줌의 재가 되더라도
잠시 불이 되어
뜨겁게 불살랐으니
흔적은 낙엽이라

묻다

잠시 다녀오겠다더니
잘려진 국화 속 숨어
어제에 머물며
문자 전하니
먹먹함에 하늘 때린다

먼길 떠나려면
신발 두어 켤레
필요할진대
어디로 전해야 할지
길 묻는다
철주야

문턱에 헌 구두라도
던져야 하니?

토방 길 멀어져도
부디 뒤돌아보지 마라

은봉산장

은봉산장 골짜기
의지하여 살던 곳
보름에 발 담그면
달 잠든다

솔바람 숲엔
솔방울 노래하고
운치 벗하던 수양버들
살랑살랑 춤춘다

밤에 놀던 달과
쉼 없이 출렁이던 산장 앞 저수지
깊은 한숨 소리에 놀라
물새 떼 잠 잊는다

소식 바라던 등 뒤로
어둠이 짙어지면
별 헤던 눈꺼풀 사이로
이슬 내린다

3부

인생

서대문 형무소에서

춥고 음산하고
고문과 협박에 두려워 떨며
들리는 신음에 고통의 몸부림
토설하라던 윽박에도
짓이겨진 손가락 뼈마디 보여도
피로 얼룩진 벽돌 위에
붉은 글씨 새겼다

독립 위해 목숨 바친 선지자여
어찌, 보이지도 않는 나라 위해
보이는 목숨 던지셨는지

그 스쳐 지나간 흔적만으로도
두려워 떨고 있는 나의 모습
나라는 과연 무엇이었는지

세금에 떨고
벌과금에 불만하며
정책에 흥분하는 나는
나라를 보지 못하였다

불면

음악으로 만나는 비는
춥지도 않았고
따갑지도 않았지만
마음만은 젖어 있었다

잠 못 들어 만나는 음악
G-선상의 아리아
쇼팽의 야상곡
들리는 음악에 눌리어
잠 설치다 보면
침대가 천정에서 춤춘다

너덜너덜해진 정신
구겨진 신문지 모양
정리되지 않은 펜 놀린다
자야 하는데

화두가 생각나지 않는다
잃어버린 친구의 이름이 기억되지 않는다
마누라의 젊은 시절 얼굴이 없다

구석에 버려진 폐품처럼 아끼지 못하였던
따님의 네 살 형상이 살아난다

되돌릴 수 있다면
지워버릴 수 있다면
술잔에 기대어 잠들고 싶다

드리운 그늘

사근절 골망 운무가 춤추던 날
저수지 둑은 무너지고
메웠던 가슴 터졌다

운명에 숨어 허둥대던 민초들은
총에 불 켜고
꿈틀대는 욕망 주체에 걸었다

인민의 이름으로 여자 지키라던
절대복종의 강요는
성스러운 신뢰로 이어져
애틋한 사연 난무했고
마주친 눈길 피했다

주체에 당한 영혼 품고
사라진 골짜기
썩은 군화가 주인 되고
민들레 깊게 뿌리내렸다

심술꾼

가여운 나무는
비가 오면 죄를 씻고
바람이 불면
낙엽 날려 버리면 되련만

당신의 마음은 누구입니까?
달구지 바퀴가 구멍 나도 웃고
흙탕물 뒤집어쓴 노인 보고도 웃고
불구경에 미소 번지고
이웃집 드잡이하는 모습에 그저 웃지요
바람피우고 달아나는 모습도 장관이군요

남이 잘못된 것과
바람피운 거
돈 깨 먹은 거
도망간 거

그 안에 나 있다

독립문

그 작은 통로로 너도 갔고
나도 간다

노숙자도 가고
나라님도 간다

문은 하나인데
마음은 나뉘어
나라로 가고
동냥하러 가고
모두가 독립하려
그곳을 지난다

필경사

붓으로 밭을 가니
그곳엔 곡식이 익고
벌 나비 춤춘다

붓으로 먹 뉘면
붓의 숨결이 살아
동혁과 영신 만나고
가녀림 속에 숨어 있는
계몽의 깃발 만난다

상록수 그대로인데
뜨락에 놓인 한 줌의 흙도 그대로인데
그 흙에 기대어
고이 잠든 유지는
아직 여물지 않았다

흐름

누구나의 기다림에는
버려지지 않는 추억
그 추억에 묻어나는 여백을
하얀 백지로 채워
소원 적고
버려지지 않는 기억 적고
가녀림 지우고
상상 펼치고
노을에 적신다

떠난 후

비가 내리면
먼 길 떠난 사람
빗속에 있다

그곳에도 가로등이 있어
마중이라도 나와 주면
빛의 갈증에서 벗어나
두런대는 발걸음 재촉하며
맨 처음 보듬었던
신비의 빛 만나련만

불 꺼진 창도 없고
기억의 파편마저
심판의 편이면
더 큰 고독에 흔들리며
어두운 아침 보는데
애써 켜놓은 촛불 하나
빗속에 흔들린다

노인과 만화

신흥동 날맹이 판자촌 거적때기 들치면
만화 읽는 초로의 노인이
가끔은 일어서기도 하고
긴장된 몸 떨기도 하며
키득거리는 웃음소리에
고양이도 놀라 도망쳤다

하루는 만화에서 무협지로 선택의 폭 넓혀서
어깨가 들썩이도록
청의 소녀라도 만난 듯 희색이 만연하고
날렵한 눈썹이 가일층 올라가며
무사의 표정과 다르지 않게 변해가고 있었다

인생이 뭐 별거 있느냐고
현실에 가린 차가운 골방도 없는 거보다 훨씬 좋으니
끼니에 밥과 마가린 간장만 있으면
만화에 펼쳐진 산해진미가 부럽지 않다

해서 전의에 불타고
주인 없는 쓰레기 밤새워 치워도

세상은 아니 깨끗하여지니

만화 속 해학에 어느덧 잠든다

지식과 지혜

지식은 과거이고
지혜는 현재이니
깨어 있어야 하는 것은
지혜의 포착이다

안다고 하는 것들
또는 알고 있다고 하는 것들
그것은 어쩜 모두 버려야 할
쓰리기인 줄 모른다

지식은 소화제이지만
지혜는 영양제이다

소화하기 위한 또 다른 충격
그것은 굶는 것이다
영양을 위한 만찬
그것은 먹는 것이다

아오리 사람들

아오리 사람들은 죽어서
천상에 집 짓는다

생명의 귀함은
스스로 정한 잣대에
선악을 묻고
그 중세에 따라
영원불멸의 아수라 언덕에
집을 짓는다

맡겨진 대로의 삶에
아오리 사람들만이
집을 짓고 용서의 혜택 누린다

윤회

윤회는
해서 얻어지는
동행입니다

윤회를
화해로 여기고
번복해서 찾는 용서처럼
천 배를 하면
그곳엔
산이 있고
물이 있고
내가 있습니다

그리고
그리운 네가 있습니다

아픔

아침에 굽히며 허리띠 조인다
허기진 배야 물로 채워도 되련만
저녁의 허리는 조여서 될 일이 아니다
허연 밤 지새려면 넉넉지는 않아도
피죽이라도 들이켜야 아침이 온다

고단한 삶이야 그렇다손 치더라도
늪을 지나 겨울의 초입엔 낙서 한 장 없다
그 새벽길에 다시 만날 봄의 정령이 움트고 있다
가슴으로 지키라던 그 봄을
나는 불룩해진 배로 바라보고 있다

소주병

반쯤 깨어진 소주병이 흐느낀다
몇 방울 남지 않은 눈물 쥐어짜며
초롱초롱한 눈망울 태양에 보탠다

깨어진 조각 속에 담긴 수많은 이야기,
흘러나온 아픔과 슬픔,
투명한 눈물방울로 맺혀 햇살에 반짝인다

이제는 빈 껍데기뿐인 병,
그 속에서 울려 퍼지는 고독한 메아리,
태양 아래서도 어둠 숨기지 못한다

몇 방울 남지 않은 눈물조차
지금은 너무 소중해
초롱초롱한 눈망울로 태양 마주하며
마지막 빛을 발한다

그 빛 속에서, 깨어진 조각 속에서도
아직 남아 있는 방울 찾는다
반쯤 깨어진 소주병이여,

너의 마지막 눈물방울 속에
마지막 빛나는 사연 듣는다

의문

도대체 무엇을 가져오라 하시는지
공덕이요?
희생이요?
봉사인가요?
아니면 지식인가요?

또 무엇을 버리라 하시는지
어차피 모두 버리고 갈 것을
그래도 두고 가는 미련 때문에
그마저 버리고 오라 하시는지
보상은 무엇으로 하시나요

대가는 무엇으로 치루 나요
그곳에도 언어의 장벽은 있나요
아버지를 만날 수 있나요
걱정거리도 있나요
생각할 수 있나요
미래 존재하나요

하루가 있나요?

아카시아꽃

길고 먼 신작로를 따라 하얗게 피어난 아카시아꽃,
먼지 속에 묻혀도 그 향기는 변치 않네

배고픔을 잊게 하는 달콤한 꽃내음,
그 향기 하나로 마음 깊이 위로받았네

신작로 걸으며 먼지로 목욕해도,
한 움큼의 꽃향기로 배부르다 느껴졌네

작은 것 하나에도 행복했던 그 시절,
아카시아꽃 향기는 배고픔 채웠네

신작로 아카시아꽃, 먼지 속에서도 빛나는 향기
그 향기에 배는 든든하였고, 작은 기쁨 느꼈네

하꼬방

작은 창문 너머로 보이는 달콤한 빵의 향기,
허기진 배 부여잡고 끝없이 꿈꾸던 그 순간

반짝이는 진열대 위에 가득 쌓인 먹거리,
손 닿지 않는 먼 곳에서 바라보기만 했다

하꼬방 좁은 틈 안에서 굶주린 마음 달래며,
문설주에 기대어 부러움의 눈길 보냈다

입안에 군침 돌고 마음은 더 간절해졌지만,
그저 바라볼 뿐인 그 순간의 허기짐

가난의 그림자 속에서 작은 행복 찾으려,
한 조각의 빵에서 풍기는 풍요로운 향기에 흠뻑 젖었다

왜 그리 먹고 싶은 게 보이던지,
하꼬방 문설주 넘어 진열대 빵꾸나게 바라봤다

욕심

달콤한 유혹의 향기 속에서,
작은 날개 펼치며 날아든 벌,
그토록 갈망하던 꿀 속에
깊이 빠져 헤어 나오지 못했네

달콤함에 이끌려
그 끝 알지 못한 채,
황금빛의 유혹 속으로
작은 몸 던졌네

빠져버린 그 순간,
아름답던 세계는
서서히 어두워지고,
달콤함은 치명적인 덫이 되었네

마침내 꿀에 갇혀
출구조차 찾지 못하고
원하는 바 이루었으나
꿀 속에서 잠드네

누명

결백함 속에 억울함이 피어날 때,
그 누명이 가슴 짓누르네,
잘못 없이 씌워진 죄목은
세상에서 가장 큰 억울함이라네

진실 외쳐도 닿지 않는 소리,
그 억울함 속에서 마음 찢기고,
누명의 무게에 눌려
희망은 점점 사라지네

누명이란 악의 씨앗이 되어
깊이 뿌리내리고,
그 억울함이 쌓일수록
어둠 속에 갇히네

억울함을 풀지 못한 응어리
언젠가 폭발하여
더 큰 악으로 변해가니,
누명은 악 만든다네

진실 알고도 모른 척하는 세상,
그 속에서 끊임없이 싸워야 하네,
억울함 떨치고 진실 밝히기 위해

흔적

바람에 놀라
일어서 날아가는 지푸라기

가난해서 버린 땅
슬픔에 눈물짓네

버려진 주발에도
흙 담겨 뒹굴고

입안에 가시 돋쳐
눈마저 소름 돋네

기억 자락 보듬었던
즘말 터 지우고
넓게 보았던 그 시절 이고프네

4부

———

자연

나무

그 모진 광풍에도
뜨거운 태양의 열기에도
아무리 냉기가 엄습하여도
소리쳐, 고통 호소하지 않았다

단지 겨울의 모진 광풍에
아픔을 대신해 신음하였고
햇볕 피하는 방법이라야
이파리 늘어트릴 뿐

밤의 적막,
새들이 위로하고
어둠 가르는 유성의 광속에도
제소리라, 자연에 두며
하품하는 이파리 위로한다

구름

구름은 무게 견디며 산다
때론 노하여 광기 부리나
때론 그늘 주어 쉬게 한다

보게나
형상의 자유나
얼음 두르고도 버티는
그 고집은 무엇 위함인가

보시게
내리어 이 땅에 서면 물이련만
그 위에서는 검고 희고 푸르며 붉은
개성의 띠를 표현함은
혼자가 아니려니

윤회로 만나
짠물이 되는 과정에
온갖 과정을
불 만나 쇳물이 되고
나무 만나 먹이가 되고

누군가의 피가 되어
머무르다 지치면
또 다른 구름이 되어
쉬지 않는 흐름에 머무른다네

호수

아름다운 호수는
맑은 물 위로
하늘 담으며
구름 따라 흘러간다

눈 감고 호수 바라보면,
하늘과 물이 하나가 되어 품에 안긴다
작은 몸이지만, 넓은 하늘 담으며
무한한 우주 선사한다

그 속에는 하늘과 구름,
갈대와 춤추는 나무들이 녹아있고,
생명의 신비가 노래한다

호수여,
크고 깊은 우주 담아 유혹한다
푸르름은 네 것이라고
하늘 품은 너는,
오늘을 선사하는 영혼이라고

호수는 오늘
작은 몸으로 하늘 담고 있다

그랜드캐니언

신이 버린 땅
사람이 즐긴다

태초의 모습 벗겨진 채
우윳빛 강물 토하며
뱀 꼬리 길게 늘어선 지평선엔
하늘 모습 붉게 비친다

인연이라며 보여주는 유혹에
19인승 쌍발기에서
토악질한다

영혼 묻어두고
인디언 숨기려
붉게 변해버린 절벽
처녀 홍조처럼 감싸고
하늘 가린다

그저 숫자에 불과한 억 소리는
신이 놀다간 흔적만 보인다

촛불을 끄셨나요

창은 태풍에 부서져
바람이 기어오르고
다른 한편은 무당벌레 기어오르니
속상한 벽은
털기 주저하지 않는다

숨 고르기 끝내면
하품이 넉살스레 강조하지만
바라보아서 한숨이 이는 건
밝힌 촛불에
누가 오는지 보이지 않는다

심술로 불어버린 입김에
멍청하게 꺼져버린 촛불은
이제 무엇을 밝히려 하나
창밖에 촛불 하나 밝혀
바람이 오는 길목을 밝히려 하나

왜 촛불을 끄셨나요

약속

단 하나의 생명이
움트기 기다리면
한 방울의 물이라도
아무리 험하고
아무리 가팔라도
약속 지키기 위해
가야 한다

한숨 어린 시간이 지나고
마지막 계절에
마지막 기다림이
헛되지 않도록
약속하기 위한 애씀
가져야 한다

광풍 지나고
마지막 순간에
서리 내려도
시림에 쌓인 고통 헤치며
너를 위한 마지막 걸음은

아무리 무겁고
아무리 힘들어도
한 방울의 물에 생명 담아
봄으로 달려간다

붉은 노을

도시의 별빛이 사라지면
불의 축제가 시작됩니다

빌딩의 뒷면 숨긴 채
빛은 거리에 춤추는 날개 달아
젊음을 출렁이게 합니다

숨겨진 허리 가로등에 기대어
보이는 지금 앞에 충실합니다

내민 입술에 내가 죽고, 네가 죽고
부둥켜안은 손 으스러져라 주먹 쥡니다
도시에 별들이 찾아올 때면
멀리서 붉은 노을이
고단하게 찾아옵니다

부러진 가지

우직하게
벽에 기대지 않고 벌 받고
고집스레
소신 말하던 신하처럼
조금의 배려에도 불만 없다

기준은 늘
강자의 것이나
무너지면 자신의 우리에 갇혀
추락 노래한다
부러진 가지 사이로 볕이 스민다

태풍

진정 바람의 아들인 게요
아들이 어찌 아비를 모른단 말이요?
내 일찍이 이르기를
아무런 느낌 없이 가라 했거늘
꽃 부숴 버리고 햇빛도 부시고
도대체 뭘 더 부수고 싶은 게요
바람으로 태어났으면
구름이나 운반하고
살결 보드랍게 건드릴 것이지
마치 종말의 날처럼 행패 부리는 건 뭔 심술이요
아침에 일어나 파도 보면
울화가 치미는데
아들 보고 있노라면 억장이 요동하는데
네가 바람맞는 게요

바다

바다
슬픔에 젖어 바라본 바다는
눈물입니다

바다
기쁨에 바라본 그 바다는
춤을 춥니다

바다
희망에 바라본 바다는
무한한 꿈을 줍니다

바다
그곳은 영원히 함께할
고독입니다

바다
그곳은 어머니의
고향입니다

추모

장미 공원에서
마지막 서곡이
그윽한 연주에 맞춰 울린다
소리 없는 울음과
춤추는 조화의 리본처럼

가녀린 낙엽이
부러진 가지에 매달려
애써 힘들어하는 모습
떨쳐버리기를 바란다

서곡 끝나고
마지막 춤의 향연 끝나고
바람에 쏠리던 낙엽마저 불태워지고
썰렁한 대지에 흙과 삽 남고
고목 쓰러진 한편엔
팔 없는 개미가 서성인다

운명

새벽의 찬 공기 가르며
참새는 작은 날갯짓으로 날아올랐다
하지만 숲의 어둠 속에 숨어있던
수리부엉이의 날카로운 눈빛,
배고픔 참지 못하고 참새 향해 날았다

참새는 벌레를, 수리부엉이는 참새를
서로의 생존을 위해
새벽 숲속, 생명의 연쇄가 진행된다

이 비극 속에서도
누군가의 새벽이
또 다른 누군가의 어둠,
그 속에서 생명 이어진다

넘어지지 말거라

온통 비에 젖은 돼지감자 몽땅 넘어져 버려
일어서려 무진 애를 써보나
큰 키 추스르지 못하고
옆구리로 견디니
에구, 불쌍해라

에라, 부러지거라
흔들리다 못 참으면 부러져야지
그렇지 않으면 고통만 심해지니
아예 부러져 슬픔 놔버려라

생각의 속도

나는 시간에 머무르며
빛보다도 빠른 생각 가지고 있다
빛이 제아무리 빠르다 해도
내가 가진 생각의 속도 추월하지 못한다

Ogle-TR-56b행성 거리 5,000광년
그러나 나는 순간에 도착하여 여유 즐긴다
지식이 없는 거리는 무의미하다
깨달음, 그것은 지식이다

알고 있다면 언제나 갈 수 있는 행성
자유이며
행복이며
미래이며
천국이다

비

정말 오려나
하늘이 찌뿌둥한 것이
폭행당했던 곳 아파지고,
비는 휴가도 없나?
아이비는 시카고 공연한다지

어찌 됐든 많이 내려주세요
비야, 비야
찌뿌둥한 하늘 아래서
내 마음도 무겁기만 한데,
한바탕 쏟아져 내려
모든 것 씻어줘

비야, 비야
고통도, 기억도
물 흐르듯 흘려보내 줘
내 아픈 곳, 더는 아프지 않도록
너의 부드러운 손길로 감싸줘

비야, 비야
아이비의 노래처럼
시카고의 불빛처럼
환하게, 시원하게,
내려줘, 내 가슴속에

노을

가을 풍경 속에
당신의 여운 담아
푸른 가슴 붉게 물들입니다

속상하게 외롭던
천년의 목마름 물리치고
밥상 가득 채워준
정성의 만찬,
자몽차로 입가심합니다

오늘도 그대 품에 안기어
꿈꿉니다
붉어진 하늘에
새싹이 돋고
춤추는 바다에 무희의 시위가
하얗게 부서집니다

무지갯빛 초원과
황금빛 물결 넘실대는 향기는
바람 타고

풍만한 가슴 따뜻하게 합니다

어제에 누렸던 과거에도
내일을 맞이하는 미래에도
너를 향해 줄달음칩니다

겨울

겨울은 가을 먹고 산다
춥고 고된 일상에도
숲의 시림에도
꽉 막힌 내일도
겨울은 옷 입지 못한다
겨울, 늦은 봄에야 잠든다

태풍

바다는 뜨거워 벌떡 일어서 내달린다
더위 식히려 바람이 일고
내친김에 속살을 드러내며
처음에는 춤을 추다
그 속도에 미쳐버려
아예 눈을 만들고 크기를 더한다
스치는 모든 것 파괴하고
꿈도 절망도 가져가 버린다
한바탕 소란 피우고 평화가 찾아오면
깨끗한 하늘가로 노을 물들인다

잠자리

솔잎 끝 매달린 가벼운 몸,
작은 날갯짓에 반짝이는 빛,
잠자리 한 마리, 숲속에서
미풍에 몸 맡기며 쉬고 있네

갑자기 불어오는 산들바람,
솔잎이 살짝 흔들리자
잠자리는 놀라며 날아오르고,
그 작은 몸이 하늘 가르네

투명한 날개로 빚은 비행,
자연의 리듬 따라
잠자리의 춤 시작되고,
푸른 하늘 아래 자유 누리네

솔잎과 바람, 그리고 잠자리,
그 조화로운 순간 속에
자연의 섬세함과
아름다움이 깃들어 있네

미풍에도 놀라 날아오르는
잠자리의 순박한 비행,
그 속에 담긴 평화로움이
나의 마음에도 스며들어오네

시작

뿌리 깊은 나무는
오랜 시간의 기억 간직하고,

씨앗에서 자라난 나무는
새로운 희망을 싹틔운다네

열매에서 나온 나무는
과거의 결실이 미래로 이어지니

뿌리에서, 씨앗에서, 열매에서,
모두 다른 길 걸어왔지만,
같은 태양 아래서 자라났네

생명의 순환 속에서,
우리는 그 모두의 일부라네
그 나무, 저 나무, 이 나무,
이야기가 모여 푸른 숲 이루었네

다른 시작점에서 왔어도,
같은 삶을 노래 부르며

5부

———

쪽지 시

들꽃

꺾여도 피어 있다
잘려도 피어 있다
꽃을 위해 피어 있다

강남 제비

강남에 바람이 불면
제비 돌아온다.

마당 청소

어렵게 쓸고 있는 마당
바람이 분다
가랑잎 고인다

창문 울던 날

부슬비 내리던 밤
창문은 하염없이 울고 있었네

모래

바람 불면
바위는 모래 속에 뒹굴었다.

백두산

누구는 그곳에서 국가 생각하고
나는 그곳에서 빵 생각했다.

먹

화선지에 머무르면 작품이 되고
벼루에 머물면 먹물이 된다.

변명

허리 아프면 세상이 다 의자로 보입니다.

바닷물

바닷물이 모두 증발해 버리면
강물은 어디로 가지?

파리의 일생

파리가 뭐 그래,
눈앞에 얼쩡거려 손 한 번 저었드만,
그게 마지막이야

보름달

보름 채운 달
바다를 마신다.

어머니 날 부를 때

"밥 먹어라"라고 부르셨다.

문

행복은 감사의 문으로 들어오고
불행은 불평의 문으로 들어오네

청솔가지

청솔가지 미어지게 아궁이에 밀어 넣던 날
어머니 우시었다

붓은 칼을 이긴다

칼을 들면 말이 거칠고
붓을 들면 신중해지니
붓은 칼을 이긴다

꿈 잊은 그대에게

4월엔 꽃이 핍니다
눈이 내려도 꽃은 핍니다

낙수

낙수는 그릇에 담겨야 쓸 수 있다.

노을

노을이 바다 건너면
푸른 바다 붉게 젖어
저녁 익힌다.

시간

시 속에 시간이 산다.

우주

모르면 갈 수 없는 곳
알면 갈 수 있는 평행의 우주

6부

기타

나그네

나그네는 쉼이 없다
그것은 근무 이탈이요
권리의 포기다

나그네가 위로받는 것은
얻어먹는 특권과
노숙의 권리
누더기 입어도
추하지 않다는 데 있다

나그네에게
외로움은 사치요
고독은 호사요
쉼은 영화이니
나그네는 발길을
멈출 수 없다

막차

비 내리던 삽교역
두 손 마주 잡고
애써 이별 달래며
애꿎은 열차 비에 젖어
고장 나길 기다리나
바람에도 기원에도
막차는 도착했다

텅 빈 대합실
막차는 떠났고
미련 남는 허전함
불 꺼진 대합실 정적
가슴 파고드는 기적소리

미완

언어 약속이다
글도 약속이다

약속 깨는 것도 언어
약속 해석 달리하는 것도 글

말과 글은 마음 전 할 수 없다

도살장

긴장의 연속이다
칼이 흔들리고
다른 한편에선 기름이 펄펄 끓고
도망이라는 단어는
아예 생각조차 나지 않았고
잠긴 빗장 사이로 연기만 날린다

그 침묵의 순간에도
입은 마르고
목구멍 속 가래가 흔들린다
어쩔 수 없는 순간은
긴소리의 여운 버린 채
숲의 물방울처럼 스민다

악귀의 혼 왕래하고
검은 도포의 사내가 버티고 서
생각의 여유 지우고
떠나자 한다

그래도 미련은

과거 지우고
추억도 지운 채
세상의 허망함 모두 지운 채
윤회에 희망 건다

고독

나의 외로움은 자작나무 줄기 모양
하얗게 변해 간다
묵묵히 산 즐기며
변해가는 계절 마중한다

아침 이슬 먹이로 아는 배고픔은
추위나 외로움과는 거리가 있다
그 잎 흔들릴 때도
그 가지 흔들릴 때도
한 방울 이슬이 떨어지지 않기를

하염없이 다가서는
뭉개진 가슴 속
그 외로움 죽고
불 꺼진 창 사이 비친 그림자
발치에 채인 추억만 오라 한다

여리어, 아주 여리어
불 꺼지자
가슴 어루만지던 누이가

새벽 붉은 노을에 입맞춤하며
저미는 가슴 쓸어 담는다
신은 수표 만든다

감자밭

갈아엎은 감자밭에
헝클어진 머릿결 흩날리며
품 팔아 돈을 산다

새벽이 오면 다시 감자밭 고르고
흩어진 맘 주워 담을까,
헝클어진 머릿결 다시 빗고
대밭길 걸어볼까

하지만 마음은 이미 팔려버린
감자밭처럼 황폐한데,
대밭길에 부서지는 것은
나의 꿈인가, 너의 희망인가

서너 걸음마다 날아오르는 비둘기 떼는
불안의 그림자,
밤잠 설쳐도 새벽은 오고
감자밭은 다시 일궈질 것이다

오늘 다시 갈아엎는 감자밭,

헝클어진 머릿결을 매만지며
감자 다시는 팔지 않으리라,
대밭길 곰삭은 길목에서
비둘기 날려 보내리라

신은 수표를 만든다

말에게 채찍이 필요하듯이
머리 깨진 이에게 바늘이 필요하듯이
은행엔 부도 수표가 필요하다

유명해지고자 하는 이에게 모험이 필요하고
지도자가 되고 싶은 이에게 강심장이 필요하듯
기업인에겐 수표가 필요하다

지구에 환경이 필요하듯
우주에 빛이 필요하듯
신에게는 영혼이 필요하다.

흐름

기다림은
버려지지 않는 추억
그 추억에 묻어나는 여백을
하얀 백지에 채운다

소원 적고
버려지지 않는 기억 적고
가녀림 지우고
상상 펼치고
노을에 적신다

치유

생명이 울고
운명이 울고
치유되지 않은 별
시간이 먹고

눈물로 소화제 먹고
슬픔으로 익숙한 어둠
분별이 아쉬워
뒤틀린 속 달랜다

생명

바위 끝 갈라진 틈새로
뿌리 내리고
그 큰 바위 거느린 위세는
당당하지

굽어진 나이에
부식된 줄기
송진으로 범벅된
주름 사이로
하나의 어린 풀줄기
동냥한다

고란사

고란사 종소리
새벽 깨우고
고란정 관음수
발길 깨운다

패망의 역사는
바람에 씻기어도
발길은 이어져
천년을 깨운다

시간

바람에 눈이 없듯
시간도 눈이 없다

시간은 악마이다
모든 것을 가져가고
삼켜버린다

시간은 기억 삼키는
지우개다

시간은 벙어리이니
아무리 불러도 대답이 없고
보고파 외쳐도 볼 수가 없다

시간은 쉼의 공간이 아니라
인식의 순서이며
직진의 행로이다

등잔

어둠 속 밝혀주는 작은 빛,
등잔의 심지에서 피어오르는
숨어 있는 그 빛 뒤에
검은 그을음은 악마였네

밤마다 그을린 속에서
숨 쉬며 지새우던 시간,
그 작은 불빛 아래 쌓여가던
꿈과 희망도 그을음에 묻혔네

어둠 걷어내고자 켠 등잔,
그 속에서 번져가는 검은 연기,
코 휘감고
깊숙이 파고들었네

희미한 빛 보며
손끝으로 파내고 지운 그을음,
희미해져만 가네

나는 어둠 속에서도
달빛 찾아 헤매었네

가짜 뉴스

선입견에 의한 상상은 가짜 뉴스 만든다
편견의 안경 쓰고 세상을 보면,
사실은 왜곡되고 진실은 가려진다네

확신 없이 쏟아내는 이야기들,
그 속에서 진실은 자취를 감추고
허상만이 떠돌아다닌다네

한 사람의 오해가,
또 다른 사람의 믿음이 되어
거짓의 불씨는 걷잡을 수 없이 번져간다네

선입견의 덫에서 벗어나,
객관의 눈 가지라,
진실 찾기 위한 노력,
그것이야말로 모두의 책임이니

섣부른 상상에 속지 말고,
깊이 있는 탐구로 진실 밝혀라

선입견 없이 세상 바라볼 때,
비로소 우리는 진실에 다가설 수 있으리

오사까 출근

검정 양복에 하얀 와이셔츠
검정 바바리에 검은색 가방
출근 차림은 검은색으로 채워진다
오사까 아침은 검은색 행진이다

문화를 위한 세레나데

지식은 문화를 만든다
빛나는 생각들이 모여
시대를 넘나드는 이야기로 피어난다

책 속의 글자가 춤추고,
역사의 조각들이 퍼즐처럼 맞춰진다
배움의 길 걷는 이여,
그대의 발걸음이 문화의 길 넓히고 있다네

지식은 씨앗,
문화는 그 꽃,
그대의 궁금증이 자양분 되어
아름다운 세상이 펼쳐진다네

배움의 나래 펼쳐라,
지혜의 등불 밝혀라,
그 빛이 퍼져나가,
문화의 숲 무성하게 하리니

지리산 즈음

사과향기 가득한
지리산 산내 원천길
새소리가 산골 마을 가득 채우니
걸음 절로 멈춘다

달팽이 게스트하우스
정 넘쳐나
고봉밥 두 그릇에 허기 채우니
임금님 수라상이 부럽지 않다

부른 배에 눈이 열리니
지리산 자락 운무가 춤추고
등성이마다 피어난 생명의 파초
뒤돌아보게 한다

면천읍성

읍성 안 대숲 바람길 돌아
영랑 아씨 사연 담은 안샘 이르니
두건주 전설에 옛 향 머무네

벚꽃길 아름다운 군자정 넘어
연암의 애민 사랑 간직한 건곤일초정
박지원 머문 자리마다 연꽃 속삭이네

몽산 아래 공자님 모신 향교
마을 감싸며
선비 없음에 제의 향기만
마당 그득하네

임금께 문안하던 조정관 앞뜰
천년의 은행나무 면천 지키니
고려 호령한 복지겸 고향이라네

몽산의 봄

몽산길 다래 향기 진하다
어린 단풍나무 어리어리 흔들린다
하얀 나비 노랑나비 길잡이 춤추고
발길 피한 제비꽃 멋쩍게 속살 드러낸다
점박이 철쭉이
붉게 타는 연산홍 보란 듯
경쟁의 꽃 피울 제
아름드리 벚나무 꽃을 숨긴다
연록의 몽산 길
오늘도 꿈꾼다

고베 기행

술을 마시는 것은
여행 찾는 여정인가?
고베의 번화가 소고기 샤부샤부의 정식에
사께와 아사이 맥주, 주문 소리 높다
마치 나 들으라는 듯 일본 술에 열광한다
쓰레기 없다던 일본의 거리는 버려진 쓰레기가 거리 가득
메운다
걸음은 바쁘나 갈 곳 잃은 발걸음 빈 깡통에 채 이어 찌그
러진다
비교에 탄식만 늘어나고 남의 것이 큰 그릇으로 보이는 습
성에, 배고플 수밖에
그들의 정형화된 문화나 발전이 혜강선생 문헌에 기초한
다는 것을 아는 사람은 또 얼마나 될까?
칼 들어 지배의 야욕에 불탔던 문화와
학문의 문화에 일찍이 열광하였던 문화의 차이는
숙여 목숨 구걸하는 친절의 문화 만들고
하얀 커튼의 창틀 안에 숨기듯 살아가는 삶이 질이 하얗다
칙칙하게 어두운 뒷골목
웃음기 잃은 사람들의 표정
너를 위한 삶에, 나 잃어가고

6부 기타 173

고베의 화창한 아침

바지 벗어버린 나무와

높이 올라 시야 확보하며 위험에 대처하려, 산꼭대기에 지어진 집들

나또 키나제는 저온 발효하여 청국장에는 없는 키나제가 있다 하여 열광 질이다

보문각 입구, 넘치는 행렬은 기도로 벌어서 쉬이 얻으려는 인파의 두 손으로 신 부른다

불전 안 커다란 통에는 동전 소리 요란하고 부처에 고개 숙여 소원 청한다

청수사 점촌은 돈 버는 기계

점점이 차려진 단 뒤로 염원의 발길은 끝없이 이어지고

거저 얻어보려는 급행료는 배에 태우고, 개에 태워 소원한다

중문소화상,

늙은 철 부처 근처에서 구린내 난다

중문국자원,

소원에 반질반질한 수관음 부처와 한쪽엔 버려진 듯 둘러앉은 배부른 부처는,

나만 찾는다

수행하여 거닐던 길은 한국 관광객의 목소리 가득차 있다

청민사 자만의 탑은 찾는 이 드물고

세계문화유산 공전의 목림고다사, 산 국유림으로 굽은 나무의 등이 애도 한다

역사는 강한 것들이 살아남고 장수한다는 안내에 물 한 모금 마시려 긴 줄이 생겨난다

두장비,

머리카락 숭고이 여겨 그를 보존하던 어머니를 숭상하고

훔쳐 옴이 여실한 11층 석탑 신라의 그것과 참 많이도 닮았다

내리막길 중간 보덕사

손님 가로채보려 턱 만드는 잔꾀 내어 소기의 목적 달성하니

자연이 준 문턱에 잔 엎어 놓는다

역사 속에서 외침당한바 없는 이들의 강산은

자연의 혜택에 신사와 절의 조화로

좁은 땅, 긴 수리를 애써 자랑한다

고향 당진을 지켜온 시인의 따뜻한 당진 노래

고향 당진을 지켜온 시인의 따뜻한 당진 노래

이승하(시인, 중앙대 교수)

충남 당진이 고향인 임영섭 시인이 시집을 그간 한 권도 내지 않았다는 소식을 듣고 깜짝 놀랐다. (사)한국문인협회, 충남시인협회, 서안시문학회, 명동문학회의 회원으로서 시를 써온 지 어언 10년이 넘었는데 시집이 한 권도 없다는 것은 잘못된 일이다. 2, 3년 만에 시집을 묶어내는 성급한 해설자에 비해 진중하다고 해야 할까, 결벽증이 있다고 해야 할까.

2024년 '당진 문학인 출판사업 공모'에서 '이 시대의 문학인'으로 임영섭 시인과 방순미 시인이 선정되었다. 그리하여 당진문화재단에서 제작비 일부를 대줌으로써 시집이 나오게 되었으니 다행스러운 일이 아닐 수 없다.

그야말로 생의 전작을 모은 시집이라 편수도 100편이 넘는다. 제1부 가족, 제2부 사랑, 제3부 인생, 제4부 자연, 제5부 짧은 시, 제6부 기타로 나누었다. 편편의 시가 별로 난해하지도 않고 길지도 않다. 시에 문외한인 독자라도 읽고 바로 이해될 시들이라서 해설의 필요성을 느끼지 못하겠다. 시집의 제작·출판을 맡은 국학자료원 정구형 대표의 간청이 없었더라면 해설 쓰기를 수락하지 않았을 것이다. 해설이 괜히 췌언이나 곡해가 되지 않을까 염려되기 때문이다. 하지만 약속을 했기에 해설을 쓰기는 하겠지만 해설이라기보다는 간단한 감상문 정도로 써볼까 한다. 각부의 대표작을 몇 편씩 골라 느낀 바를 간단히 쓸까 하는데, 엉뚱한 말을 늘어놓게 될지 지레 걱정이 된다. 시인의 의도를 잘못 짚어 견강부회나 하지 않을지 모르겠다.

제1부에 있는 시는 전체가 가족사라고 보면 되지 않을까. 제일 앞머리에 놓인 시는 어머니를 그린 것이다.

> 평생 허리 한번 펴지 못했다
> 눈물 무게로 식량 키우고
> 눈물과 식량 안엔
> 희망도 사상도 비워졌다
>
> 어머니는 밭고랑 아내가 되어
> 솔방울 팔고
> 허리 팔아
> 일곱 자식 등 펴고 산다
>
> 할미꽃은 일어서지 못하나
> 잎은 무성히 자라
> 하늘 향했다
>
> ―「할미꽃」 전문

시적 화자의 어머니는 농사꾼이었다. 한평생 밭고랑에서 호미를 들고 살았다. 어머니는 할미꽃처럼 허리를 펴지 못하고 살았지만 그 덕에 일곱 자식은 등을 펴고 살아가게 되었다. 어머니의 희생을 할미꽃에 빗댄 이 시를 제일 앞에 실은 이유는 어디에 있을까. 독자들에게 어머니 얘기부터 하고 싶었기 때문일 것이다.

> 표현에 확정 못 하고
> 다섯 며느리 하소연
> 험담으로 옮기지 못하니
> 가슴 가득 담아 지혜 두었다
>
> 표현은 가실 제야
> 토로하셨던 한의 종말은
> 다시는 하지 못할 말
> 용서해라
>
> 아무리 소리쳐도 듣는 이 없고
> 서운함의 응어리 멈추지 않는
> 험담과 허물도 이제는 멈추니
> 진정한 안락과 편안 누리시길
> 이 땅은 여직 어둠에 있다
> ─「어머니 지혜」 전문

며느리를 다섯 둔 화자의 어머니는 누구 말을 들어주고 누구 말을 들어주지 않으면 싸움이 날 것을 잘 안다. 누가 무슨 하소연을 하든지 간에 입을 봉하고 있는 것이 최상책임을 알고 있는 어머니의 지혜를 시인은 말하고 있다. 듣기만 하고 옮기지 않는 지혜 덕분에 험담과 허물도 멈춰졌다. 어머니의 지혜 덕분에 집안이 안락과 편안을 누리게 된 것이리라. '안락과 편안'은 어머니의 죽음을 상징하는 상징어이기도 하다.

> 쩝쩝 이로 혀가 닳아
> 헛바늘로 가득한 가여운 어머니
> 게장 국물과 짠지 국물 옥수수 몇 알에도
> "잘 먹었다."
> 인사는 꼭 하시네
>
> 하늘 같던 어머니
> 둘째 며느리와 꼭 살아 보고 싶다던 어머니
> 며느리 공양에도 눈치 살피며
> 한 달에 두 번 오는 간호사의 링거에도
> 한 손으로 들 만치 가벼워지셨다.
>
> —「병석의 어머니」 전문

헛바늘이 돋으면 몹시 아픈데 치아까지 좋지 못해 고기나 생선을 제대로 씹지 못하게 되었나 보다. 병석의 어머니는 둘째 며느리의 공양에 눈치를 살폈으니 마음이 많이 위축되어 있었던 것이 아닌가 한다. "간호사의 링거에도 한 손으로 들 만치 가벼워지셨다."는 표현은 국물이나 드시고 링커를 맞는 것으로 연명하다 보니 몸이 거의 반쪽 났다는 뜻이 아닌가 한다. 아버지는 어떻게 형상화되고 있는가.

아버지 말씀하셨다
사람의 기운은 땅 먹고 일어나고
사람 생각은 하늘 기운 받아 일으키니
이 땅의 모든 생명은 하나이다라고
습성으로 이어가는 생명이
습성 먹고
언젠가는 또 다른 습성에
눈물 마르지 않으니 습성 따르지 말며
오직, 땅에 뿌리 내리고
그가 내리는 지령 따르라 하시니
본성은 땅이요, 돌아갈 곳도 땅이라
그 땅의 경이로움, 이 땅의 신비함
경배하여야 한다

—「땅」 전문

  어머니도 한 생을 밭에서 보냈지만 아버지도 마찬가지였다. 한평생 농사를 지었으니 자식에게 해줄 수 있는 말이 농자천하지대본이나 사람은 땅에서 나서 땅으로 돌아간다 같은 말이었을 것이다. 아버지가 땅이었고 땅이 아버지였다. 이 시에서 가장 중요한 시어는 '습성'인 바 우리가 땅의 습성을 따르지 않으면 한 되는 얘기를 아버지는 하고 계시다. 아버지에 대한 직접적인 인상기를 이렇게 쓰기도 한다.

어린 시절 손잡아 주시던
따스한 손길, 강인한 어깨
이제는 내가 그 모습을

거울 속에서 마주한다

아버지의 목소리, 아버지의 웃음
그 모든 것이 내 안에 남아
오늘도 나의 삶 속에
조용히 흘러가고 있다

내 안에 아버지 계시는가 보다
그리운 시간, 그리운 얼굴
거울 속에 비친 나의 모습
그 안에 아버지가 살아 숨 쉰다
—「거울 속 아버지」 부분

거울을 보면 아버지가 보인다. 나의 이런저런 행동거지, 목
소리, 웃음, 버릇 등이 아버지를 빼닮거나 본받고 있으니 문득
문득 놀라게 된다. 자식이 아버지를 닮지 누구를 닮겠는가.
"내 안에 아버지 계시는가 보다"도 많은 독자가 동감할 내용이
리라. 자식은 아버지를 닮고 싶지 않아도 닮아가게 되어 있다.
시인은 누이에 대해서도 얘기하고 있다.

햇살처럼 맑은 웃음 가진 누이
작은 손길로 세상 어루만지며
꽃처럼 피어난 학구열 피웠네
68세에 대전대학 국문과 입학해
72세에 졸업하니
그 눈빛 속엔 언제나 따뜻한 봄 있다

바람에 흩날리는 머리카락 사이로
자유로운 영혼 춤춘다
누이의 발자국은 희망의 씨앗 되어
어디 가든 그곳에 행복 피운다

어린 시절 배곯아 맘껏 뛰놀지도 못한 기억
웃음소리 가득해도
솥뚜껑 쟁탈전 치열했던
그날의 풍경
시간이 흘러도 변치 않는 그 기억
누이는 언제나 누룽지 챙겨주던
내 마음의 천사

　　　　　　　　　　　　　　　―「누이」 부분

　이 시의 내용이 허구가 아니라 사실이라면 시인의 누이는
정말 엄청난 만학도였다. 나이가 많다는 얘기가 아니라 집념
이 대단했다는 말이다. 그리고 화자의 기억 속의 누이는 "언제
나 누룽지 챙겨주던/ 내 마음의 천사"였다. 주변 사람들에게
늘 정을 베푼, 따뜻한 사람이었다. "힘든 날엔 조용히 다가와/
말없이 등 토닥이며 용기"를 준 천사가 있으니 화자는 복이 많
은 사람이다. 형을 왜 '말딩 형'이라고 부르는지 모르겠다. 별
명인가? 사투리인가? 시의 내용은 사실일까? 허구일까?

열네 살 말딩 형은
고향 등지고 서울로 갔다
말도 안 되는 임금과 고단한 하루하루를

성실이란 이름으로 버텨야 했던 모진 세월에도
동생들 건사한다는 의무로
장남의 직분 성실히 수행했다

먹고픈 거 입고픈 거 참아내며
휴일도 명절도 지우며 일해도
땀 닦을 수건 한 장 제대로 없었다

버리고 줍고 한 기회는
번뜻한 4층 건물주 되고
자식 농사 잘 지어
아들은 대기업 상무에
딸은 외대 교수로 재직하고
임대 수입에 저축도 든든히 있으련만

길거리 뒹구는 폐지는 현금이고
쇳덩이 금으로 보나
신발이 헐떡이는 건 여전하다

—「말딩 형」전문

맏이였나 보다. 열네 살 때부터 취업전선에 뛰어들어 동생들 뒷바라지하고 나중에는 번뜻한 4층 건물의 건물주가 되었다. 아들은 대기업의 상무가, 딸은 외대 교수가 되었고 건물 임대 수입이 있고 저축도 충분히 해두었건만 길거리의 폐지를 모으고 있는 말딩 형의 생활습관은 근검절약이고 그게 몸에 배어 있었나 보다. "신발이 헐떡이는 건 여전하다"는 결구가

절묘하다.

　제2부 사랑시편의 시는 사람 사이의 사랑과 종교적인 사랑 두 가지를 노래하는 것인데 구태여 해설할 필요를 못 느끼지만 몇 편 추려본다.

　　　미칠 듯이 그리워서
　　　상처보다 더 한 고통이 가슴 찌른다
　　　미칠 듯이 보고파서
　　　눈물조차 말라버렸다

　　　창가에 서면 괜스레 커튼 열고
　　　아랫말 종려나무길 바라본다
　　　침대에 누워도 꺼질 듯 사라지는
　　　안개 속 환상이 희미해진다
　　　　　　　　　　　　　　　　　　―「짝사랑」전반부

　　　아무리 큰 애무로도
　　　전하여지지 않던 그리움이여
　　　지쳐 쓰러져 별 보아도
　　　채워지지 않는 허기여

　　　불나방처럼
　　　불길에 뛰어들어
　　　몸 사르고서야 알 수 있는
　　　뜨거운 정열이여
　　　　　　　　　　　　　　　　―「불나방」부분

사랑하듯이 살면 세상은 넓다
사랑하듯이 살면 늘 행복하다
사랑으로 살면 부족함이 없다
—「사랑하듯이」 전문

　사랑에는 짝사랑도 있고 활활 타오르는 불꽃 같은 사랑도
있고 우리네 삶을 따뜻하게 해주는 고귀한 사랑도 있다. 사랑
이 충만하면 범죄가 왜 생기겠는가. 부활절에는 예수님의 인
간에 대한, 성모마리아의 예수님에 대한, 인간의 예수님에 대
한 사랑을 떠올려보지 않을 수 없다. 사랑을 전하려고 왔는데
십자가 처형을 당했으니 이 무슨 모순인가. 하지만 부활이라
는 역설이 사랑에 대한 약속을 가능케 한다. 우리는 사랑함으
로써 영원할 수 있다.

푸르른 4월이면 당신 생각합니다
가시가 박힌 머리와
손과 발에 못 박힌 상처는
어머니의 가슴, 한없이 파헤칩니다
치맛자락에 붉은 피가 고여
세상의 종말처럼 보였던 그 하루는
우리 죄 씻으시려고 계획하셨던
크나큰 사랑이었으니
죽어도 죽지 않는 부활의 기록을
우리에게 보여주셨습니다
—「푸르른 4월은」 제1연

유한한 인간의 사랑과 무한한 신의 사랑을 다룬 시편이 제2부에 모여 있고 제3부는 인생론이다. 각 개인의 인생을 다루었다기보다는 사회, 역사 등 거대담론을 펴고 있는 시가 대부분이다. 「서대문 형무소에서」, 「드리운 그늘」, 「독립문」, 「필경사」, 「아오리 사람들」, 「의문」, 「누명」, 같은 시가 특히 그렇다. 이 가운데 두 편만 거론한다.

     붓으로 밭을 가니
     그곳엔 곡식이 익고
     벌 나비 춤춘다

     붓으로 먹 뉘면
     붓의 숨결이 살아
     동혁과 영신 만나고
     가녀림 속에 숨어 있는
     계몽의 깃발 만난다

     상록수 그대로인데
     뜨락에 놓인 한 줌의 흙도 그대로인데
     그 흙에 기대어
     고이 잠든 유지는
     아직 여물지 않았다
                              ―「필경사」 전문

   당진에 있는 필경사(筆耕舍)는 항일시인이자 계몽문학의 선구자인 심훈 선생이 1934년에 직접 설계하여 지은 집으로, 동혁과 영신이 만나 꿈을 펼치는 농촌계몽소설 『상록수』는 바로 이곳에서 집필된 작품이다. 동남향으로 자리 잡고 있는 이 집은 앞으로 넓은 들이 펼쳐지고 북동쪽으로 서해가 바라다보인다. 대문이나 부속채 없이 '一'자형 단독 건물로 이루어져 있다. 심훈의 고이 잠든 유지를 여물게 할 사람은 바로 임영섭 시인이 아닐까?

> 인민의 이름으로 여자 지키라던
> 절대복종의 강요는
> 성스러운 신뢰로 이어져
> 애틋한 사연 난무했고
> 마주친 눈길 피했다
>
> 주체에 당한 영혼 품고
> 사라진 골짜기
> 썩은 군화가 주인 되고
> 민들레 깊게 뿌리내렸다
>
> ─「드리운 그늘」 후반부

북한의 현실을 다룬 시다. 3대의 세습체제는 전 세계에서 유일하다. 영국의 여왕도 일본의 천황도 상징적인 존재일 뿐 통치에 직접 관여하지 않는다. 하지만 북학은 인민에게 절대복종을 강요하는데 그 중심에 주체사상이 있다. 이 사상이 이름은 민족자결주의랑 비슷하지만 실상은 일당독재와 일인독재를 합리화하는 내용이다. 북한에 깊게 드리워 있는 이런 그늘을 다룬 시도 썼다는 것을 언급한다.

제4부는 자연을 노래한 시 모음이다. 미국의 광활한 자연을 보고 와서 쓴「그랜드캐니언」이나 우주적 상상력을 발휘해서 쓴「생각의 속도」같은 거창한 시도 있지만 대체로 사계의 변화를 보여주는 우리나라의 풍광을 시의 화폭에 담아 쓴 시가 대부분이다. 이 가운데 제일 마음에 드는 시를 딱 한 편만 꼽아 보라면 시인의 고향 당진 앞바다를 노래한 아래 시를 꼽을 것이다.

바다
슬픔에 젖어 바라본 바다는
눈물입니다

바다
기쁨에 바라본 그 바다는
춤을 춥니다

바다
희망에 바라본 바다는
무한한 꿈을 줍니다

바다
그곳은 영원히 함께할
고독입니다

바다

그곳은 어머니의
고향입니다

　　　　　　　　　　　　　　　　　—「바다」 전문

바다의 다섯 가지 속성을 아주 완벽하게 그린 시가 아닌가
한다. 풍랑의 바다, 어획의 바다, 희망의 바다, 고독의 바다, 모
든 생명체를 품어 안는 영원회귀의 바다가 시의 화폭에 다 담
겨 있다. 짧지만 넓고 깊은 시가 아닐 수 없다. 이 시에 못지않
은 시가 「태풍」인데 따로 언급하지는 않겠다.

그런데 제5부의 시는 특이하게도 짧은 시만 모았다. 이번 시
집의 정수가 모여 있다고 할까, 임영섭 시인은 앞으로 짧은 시
를 더욱 열심히 썼으면 하는 것이 나의 바람이다. 우선 3행으
로 되어 있는 시를 보자.

꺾여도 피어 있다
잘려도 피어 있다
꽃을 위해 피어 있다

　　　　　　　　　　　　　　　　　—「들꽃」 전문

칼을 들면 말이 거칠고
붓을 들면 신중해지니
붓은 칼을 이긴다
　　　　　　　　　　—「붓은 칼을 이긴다」 전문

노을이 바다 건너면
푸른 바다 붉게 젖어

저녁 익힌다.

—「노을」 전문

　　이런 시를 보면 5/7/5라는 글자 수의 제약과 계절어를 넣어야 하는 제한이 있는 일본의 하이쿠보다 훨씬 자유로우면서도 주제의 무게추를 달 수 있는 이점이 있다. 자연의 오묘한 이법과 인간 세상의 철학이 담겨 있어 시인의 혜안을 느낄 수 있다. 2행으로 되어 있는 시를 보자.

바람 불면
바위는 모래 속에 뒹굴었다.

—「모래」 전문

누구는 그곳에서 국가 생각하고
나는 그곳에서 빵 생각했다.

—「백두산」 전문

화선지에 머무르면 작품이 되고
벼루에 머물면 먹물이 된다.

—「먹」 전문

보름 채운 달
바다를 마신다.

—「보름달」 전문

행복은 감사의 문으로 들어오고

불행은 불평의 문으로 들어오네

                         —「문」 전문

기상천외하다고밖에 할 수 없는 시들이다. 시인의 상상력이 워낙 반짝이고 있어 나이를 전혀 짐작할 수 없다. 백두산에 가서 빵을 생각한 것은 북한의 식량난을 걱정해서인지 실제로 배가 고파서인지 알 수 없지만 상식을 깨는 '뜻밖의' 시, '낯선 시'다. 「보름달」 같은 시는 무릎을 치지 않을 수 없다. 보름 채운 달이 바다를 마신다니, 시인이 아니고선 상상할 수도, 표현할 수도 없는 기막힌 시다. 「문」도 맞아! 하고 고개를 힘껏 끄덕이게 된다. 이제 1행으로 된 시를 보자.

허리 아프면 세상이 다 의자로 보입니다.

                        —「변명」 전문

낙수는 그릇에 담겨야 쓸 수 있다.

                        —「낙수」 전문

시 속에 시간이 산다.

                        —「시간」 전문

이런 시는 정문일침이라고 해야 할지, 촌철살인이라고 해야 할지, 일목요연이라고 해야 할지 모르겠다. 한 칼에 베어버린다고 해도 되겠다. 입 속에 계속 맴돌게 하면서 뇌리에서도 맴돌게 되는 시, 놀라운 시가 아닐 수 없다. 제6부의 시에 대한 감상은 독자의 몫으로 남겨놓도록 하겠다.

지금까지 해설자는 시인이 십수 년 동안 쓴 시를 주마간산 격으로 읽었다. 당진 하면 심훈 시인과 화력발전소밖에 생각 나지 않았는데 이제는 임영섭 시인을 낳은 고장으로 생각하게 되었다. 이번 시집 출간을 계기로 시 쓰기에 더욱더 열정을 쏟아 당진을 빛내는 시인이 되기를 바라마지 않는다.

샘솟는 행복

초판 1쇄 인쇄일 ｜ 2024년 10월 18일
초판 1쇄 발행일 ｜ 2024년 10월 25일

지은이 ｜ 임영섭
발행처 ｜ (재)당진문화재단
충청남도 당진시 무수동 2길 25-2
Tel 041-350-2911 Fax 041.352.6896
https://www.dangjinart.kr/

펴낸이 ｜ 한선희
편집/디자인 ｜ 정구형 이보은 박재원
마케팅 ｜ 정찬용 정진이
영업관리 ｜ 한선희 이민영 한상지
책임편집 ｜ 이보은
인쇄처 ｜ 으뜸사
펴낸곳 ｜ 국학자료원 새미 (주)
등록일 2005 03 15 제25100 - 2005 - 000008호
경기도 고양시 덕양구 권율대로 656 원흥동 클래시아 더 퍼스트 1519,1520호
Tel 02)442 - 4623 Fax 02)6499 - 3082
www.kookhak.co.kr
kookhak2010@hanmail.net
ISBN ｜ 979-11-6797-196-8 *03810
가격 ｜ 12,000원